CATALOGUE

DE

TABLEAUX

ŒUVRES CAPITALES

PAR

HUBERT-ROBERT, J. VAN GOYEN, Mlle LEDOUX

ET AUTRES

Par J. Le Duck, Haudebourg-Lescot, Taunay, Bilcoq, Bout et Boudewyns, Mommers, Peeter, Neeffs, Coypel, Pœlemburg, Morland, Michel, etc.

BRONZES ET MEUBLES

TRÈS-BELLE PENDULE A CAGE DU TEMPS DE LOUIS XVI

Garnitures Empire, Vases en céladon, Candélabres, etc., Meubles Louis XV, Louis XVI et de l'Empire, Argenterie (14 kilos), Porcelaines, Verrerie

OBJETS DIVERS

DONT LA VENTE AURA LIEU

Après Décès

HOTEL DROUOT, SALLE N° 6

Les Lundi 13 et Mardi 14 Avril 1874

A DEUX HEURES

Par le ministère de Me **HENRI GAUTHIER**, Commissaire-Priseur, rue Béranger, 12,

Assisté de **MM. DHIOS** et **GEORGE**, Experts, rue Le Peletier, 33.

EXPOSITION PUBLIQUE

LE DIMANCHE 12 AVRIL 1874

ESTAMPANT DE DHIOS

PARIS — 1874

Vᵉ RENOU, MAULDE et COCK
IMPRIMEURS DE LA COMPAGNIE DES COMMISSAIRES-PRISEURS
Rue de Rivoli, 144

CATALOGUE

DE

TABLEAUX

ŒUVRES CAPITALES

PAR

HUBERT-ROBERT, J. VAN GOYEN, Mlle LEDOUX

ET AUTRES

Par J. Le Duck, Haudebourg-Lescot, Taunay, Bilcoq, Bout et Boudewyns, Mommers, Peeter, Neeffs, Coypel, Pœlemburg, Morland, Michel, etc.

BRONZES ET MEUBLES

TRÈS-BELLE PENDULE A CAGE DU TEMPS DE LOUIS XVI

Garnitures Empire, Vases en céladon, Candélabres, etc., Meubles Louis XV, Louis XVI et de l'Empire, **Argenterie (14 kilos)**, Porcelaines, Verrerie

OBJETS DIVERS

DONT LA VENTE AURA LIEU

Après Décès

HOTEL DROUOT, SALLE N° 6

Les Lundi 13 et Mardi 14 Avril 1874

A DEUX HEURES

Par le ministère de Me Henri GAUTHIER, Commissaire-Priseur, rue Béranger, 12,

Assisté de **MM. DHIOS** et **GEORGE**, Experts, rue Le Peletier, 33.

EXPOSITION PUBLIQUE

LE DIMANCHE 12 AVRIL 1874

PARIS — 1874

CONDITIONS DE LA VENTE

—

Elle sera faite au comptant.

Les Acquéreurs paieront CINQ POUR CENT, en sus du prix d'adjudication.

DÉSIGNATION

TABLEAUX

—

HUBERT-ROBERT

1 — Escalier monumental à l'entrée d'un parc, avec jolies figures; laveuses auprès d'une fontaine.

Tableau capital.

GOYEN (Jan van)

2 — Fête de village.

Composition animée d'un grand nombre de figures.

Signé et daté.

DUCK (Jan le)

3 — La Partie de musique.

LEDOUX (Mlle), d'après GREUZE

4 — La Malédiction paternelle.

5 — Le Fils puni.

> Ces deux belles reproductions des célèbres tableaux du Louvre sont de la grandeur des originaux ; elles ont été vraisemblablement exécutées dans l'atelier de Greuze, sous sa direction et retouchées par lui.

HAUDEBOURG-LESCOT (Mme)

6 — Jean-Jacques Rousseau et Thérèse à Montmorency.

TAUNAY

7 — Jésus au milieu des docteurs.

8 — Jésus et la Femme adultère.

BILCOQ

9-10 — Intérieur de ferme.

> Deux pendants.

BOUT et BOUDEWYNS

11 — Paysage animé d'une quantité de figurines.

MOMMERS (Henri)

12 — Le Repos des bergers.

Signé.

NEEFFS (Peeter)

13 — Intérieur d'église.

JANSON (Van)

14 — Vue d'Amsterdam.

ESSELENS (Jacques)

15 — Port de mer.

Signé.

STORK (Abraham)

16 — Petite Marine.

POELEMBURG (Cornille)

17 — L'Adoration des mages.

DRECHLER (Johann)

18 — Bouquet de fleurs.

Signé et daté 1790.

COYPEL

19 — Composition allégorique du règne de Louis XV.

ORIZONTE (Van Bloemen, dit)

20 — Grand Paysage : Figures et Animaux.

MIÉREVELT

21 — Portrait de femme.

RYCKAERT (David)

22 — Intérieur de cuisine.

MORLAND

23 — Extérieur de ferme.

REYNOLDS

24 — Portrait de Georges III.

Esquisse.

HOREMANS

25 — Un Festin.

POUSSIN (École du)

26 — Moïse sauvé des eaux.

GUIDO-RENI

27 — Lucrèce.

ALBRIER

28 — La petite Fille au chien.

CANTINEAU (C.)

29 — Le petit Gourmand.

GAUTHIER (Eugénie)

30 — La Lecture.

31 — La Promenade.

BILLON (P.)

32 — Au Bord de l'eau.

LENFANT DE METZ

33 — Le Pain béni.

CERNANTE (A.)

34 — Femme à la fontaine.

35 — La Prière.

BANNÈS (C. de)

36 — Soldat au repos.

37 — Soldat blessé.

MICHEL

38-39 — Marchés aux bestiaux.

Deux pendants.

ÉCOLE ESPAGNOLE

40 — Le Sommeil du petit saint Jean.

ÉCOLE HOLLANDAISE

41 — Célébration de la messe.

Initiales, et daté 1616.

ÉCOLE FRANÇAISE DU XVIIIe SIÈCLE

42 — L'Attente.

ÉCOLE FLAMANDE

43 — Prédication de saint Jean.

ÉCOLE FRANÇAISE

44 — Portrait d'homme (époque Louis XIV).

———

45 — Plusieurs Tableaux sous ce numéro.

———

46 — Gravures anglaises : Chasses, Courses, etc.

47 — Miniatures.

BRONZES, PORCELAINES

48 — Très-belle Pendule à cage en bronze ciselé et doré du temps de Louis XVI; le cadran est entouré de feuillages de laurier et supporté par un nœud de ruban; le socle est orné de bas-reliefs : Bacchanale d'enfants; la pendule est surmontée d'une galerie à balustre.

49 — Deux Candélabres en bronze ciselé et doré : petits Faunes supportant deux lumières (charmant modèle Clodion); socles en marbre griotte, à moulures et perles en bronze doré.

50 — Belle Garniture en bronze doré et marbre griotte; la pendule est ornée d'un groupe : Psyché couronnant l'Amour; les candélabres sont formés de statues : Mercure et la Fortune, d'après Jean de Bologne.

51 à 53 — Trois paires de Candélabres en bronze doré, du temps de l'Empire.

54 — Appliques, même époque.

55 — Deux grands Vases en porcelaine céladon flambé; monture en bronze, formant candélabres.

56 — Deux Cornets en vieux Japon, montés en bronze.

57 — Plat en vieux Chine, monture en bronze.

58 — Pièce de surtout en bronze ciselé et doré : deux Figures de bacchantes supportant une corbeille (modèle Clodion).

59 — Les Chevaux de Marly, en bronze.

60 — Statue en biscuit : la Baigneuse, d'après Falconnet.

61 — **Petite Pendule Louis XVI** en bronze doré : Enfant assis tenant le cadran.

62 — Sous ce numéro, plusieurs Flambeaux styles Louis XV et Louis XVI, Girandoles, Appliques, Lustre, Lanterne d'antichambre, etc., etc.

ARGENTERIE

63 — **14 kilos d'Argenterie anglaise.**

MEUBLES

Ameublement de chambre à coucher, du temps de l'Empire, en acajou, à col de cygnes et ornements d'applique en bronze ciselé et doré, composé de : un lit, une commode, une glace psyché et un secrétaire.

Deux Meubles, à hauteur d'appui, en marqueterie, genre Boule.

Deux autres, à portes vitrées.

Deux petites Encoignures Louis XVI en acajou.

Secrétaires et Bibliothèque Louis XVI en acajou garni de cuivre.

Petits Bureaux plats en bois rose et bronze, style Louis XV.

Commode Louis XV.

Console en bois sculpté et doré.

Un Piano de Debain.

Meuble de salon en palissandre couvert en damas de soie rouge.

Ameublements de salle à manger et de chambres à coucher en acajou, etc.

Meubles courants.

Tapis.

Rideaux.

Linge.

Literie.

Service en porcelaine·

Verrerie.

Plaqué.

Livres.

Objets divers.

Vᵉ Renou, Maulde et Cock, imprⁱ de la Compagnie des Commissaires-Priseurs, rue de Rivoli, 144.   42220

BORDEREAU D'ADJUDICATION

Vente, rue

M⁰ Henri GAUTHIER, Commissaire-Priseur,
Rue Béranger, n⁰ 12

pour adjudication suivant Procès-Verbal du 12 avril 1874.

Nᵒˢ DU P. V.	Nᵒˢ DU C.	DÉSIGNATION DES OBJETS	PRIX	TOTAUX
		Timbre.......		10
9		un tableau napoléon	6	
11		un tableau	18	
18		une femme	36	
60		une tête [?]	50	
		un grand tableau de Hubert Robert	3700	
7		un plateau		
		portant une corbeille de milieu, deux candélabres bronze doré	449	
83		Deux candélabres en bronze	1000	

Nos du P. V.	Nos du C.	DÉSIGNATION DES OBJETS	PRIX		TOTAUX	
		D'autre part.......				
		X Richard			180	»
		X fitz william			3 0	»
		X Tableau			2	0
					1082	0

RED. :

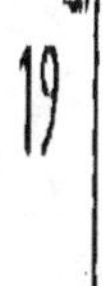

19

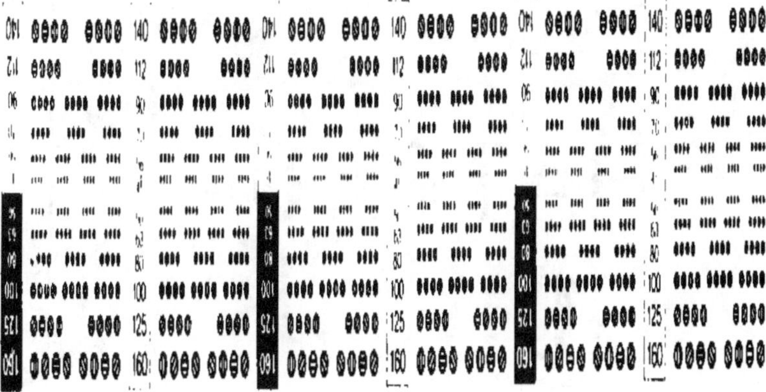

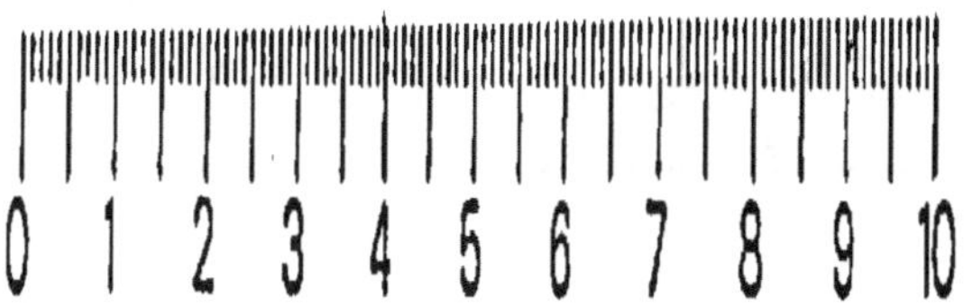

0 1 2 3 4 5 6 7 8 9 10

MIRE ISO N° 1
NF Z 43-007
AFNOR
Cedex 7 - 92080 PARIS-LA-DÉFENSE

graphicom

BIBLIOTHEQUE NATIONALE DE FRANCE

****

CHATEAU DE SABLE

1995

www.ingramcontent.com/pod-product-compliance
Lightning Source LLC
LaVergne TN
LVHW011051050726
842519LV00004B/1567